Steve Bloom

Les éléphants

Portraits d'animaux

Textes de David Henry Wilson

De La Martinière
Jeunesse

Pour l'édition originale
2007, Thames & Hudson Ltd
181A High Holborn, Londres WC1V 7QX
www.thamesandhudson.com

Photographies © 2007, Steve Bloom
www.stevebloom.com
Textes: © 2007, Thames & Hudson Ltd, London

Pour l'édition française
© 2009, Éditions de La Martinière, une marque de La Martinière Groupe, Paris
Connectez-vous sur :
www.lamartinierejeunesse.fr
www.lamartinieregroupe.com

ISBN : 978-2-7324-3967-9
Dépôt légal : juin 2009

Mise en pages française : Valérie Roland
Traduction : Valérie Guidoux

Achevé d'imprimer en Espagne par Graficas Estella en mai 2009

Sommaire

L'éléphant est fort, l'éléphant est grand,

Avec ses longues défenses et sa trompe

qui se balance, sous le soleil.

Il mange tout le temps, il boit énormément,

Et dès qu'il peut, il se roule dans la boue.

De bonne compagnie, il barrit, il danse, il joue,

Ou pleure, quand un autre éléphant meurt.

Il fait du vent avec ses oreilles,

Et appelle les siens, parfois, avec une étrange voix

Que les humains n'entendent pas.

Si je n'étais pas moi, assurément, Je serais un éléphant.

Qui sont les éléphants ?

Les éléphants sont les plus grands animaux vivant sur la terre ferme. Ils habitent la savane et les forêts d'Afrique et d'Asie. Les éléphants d'Afrique et d'Asie sont deux espèces différentes, ils ne se rencontrent jamais, sauf dans les zoos… et dans les livres.

Éléphant d'Afrique ? Éléphant d'Asie ? Attention, ça trompe énormément…

L'éléphant d'Afrique est le plus grand : adulte, il peut mesurer jusqu'à 3,60 mètres de haut et peser plus de 6 tonnes. L'éléphant d'Asie, lui, ne dépasse pas les 3 mètres et les 5 tonnes.

L'éléphant d'Afrique a le dos creusé au milieu, alors que l'éléphant d'Asie a le dos rond.

L'éléphant d'Asie a une plus grosse tête, surmontée de deux bosses, avec des défenses et des oreilles courtes. L'éléphant d'Afrique a de plus grandes oreilles et ses défenses peuvent être très longues.

L'éléphant d'Afrique a quatre gros ongles à ses pattes avant et trois à ses pattes arrière, alors que l'éléphant d'Asie en a cinq à l'avant et quatre à l'arrière.

La trompe de l'éléphant d'Afrique se termine par deux « lèvres » pointues dont il se sert comme d'une pince. La trompe de l'éléphant d'Asie, quant à elle, se termine par une seule lèvre, qu'il enroule pour saisir ce dont il a besoin.

Maintenant, sais-tu les reconnaître ?

Un corps extraordinaire

Trompe à tout faire

Un organe unique
dans le monde animal !

Sensible comme un nez, la trompe
sert à respirer, sentir, flairer...
puissante comme une pompe,
elle aspire l'eau ou la poussière,
puis souffle pour asperger...
forte comme un bras, habile comme
une main, elle attrape, soulève,
balance, pose, lance, elle tâte, frotte,
enlace, caresse avec tendresse...
attention, elle donne aussi des coups !

Sonore comme
un instrument
de musique, la trompe
de l'éléphant résonne :
on dit alors qu'il barrit.

Soulever un tronc d'arbre, cueillir un fruit,
appeler ses amis, faire un câlin, prendre une
douche ou jouer au sous-marin… Grâce à sa
trompe, l'éléphant peut tout faire !

Précieuses défenses

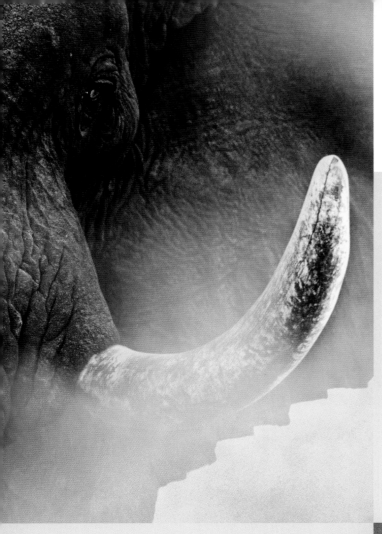

Comme nos dents, les défenses sont en ivoire, un matériau très solide. Très recherché pour fabriquer des objets précieux, l'ivoire a fait le malheur des éléphants : beaucoup furent tués par des chasseurs qui souhaitaient leur prendre leurs défenses.

Les éléphants utilisent leurs défenses comme des outils pour creuser le sol ou arracher l'écorce des arbres. Elles servent aussi de reposoirs pour la trompe qui s'appuie parfois dessus.

Enfin, ce sont des armes dangereuses pour se battre entre mâles ennemis.

Lors des bagarres, les défenses s'entrechoquent bruyamment et, parfois, se cassent.

Comme nous avec nos mains, un éléphant est gaucher ou droitier avec ses défenses. L'une des deux sert plus que l'autre et s'use davantage.

Oreilles géantes

Drôles de coïncidences : l'immense oreille de l'éléphant d'Afrique rappelle un peu la forme du continent africain… tandis que l'oreille de l'éléphant d'Asie, plus petite, fait penser à la carte de l'Inde !

Debout, le vent dans le dos, l'éléphant agite sans cesse ses vastes oreilles… mais pas pour s'envoler ! Il s'évente : l'air rafraîchit le sang circulant dans les nombreuses veines qui parcourent les oreilles, et au passage, ce mouvement provoque un agréable courant d'air !

Les éléphants communiquent par des sons que nous ne percevons pas, des vibrations qui s'étendent jusqu'à 10 kilomètres aux alentours.

Ainsi, ils peuvent s'avertir d'un danger ou indiquer leur position, comme nous par téléphone !

Pour impressionner un adversaire, l'éléphant écarte ses oreilles et sa tête semble doubler de volume. S'il se met à charger, il devient soudain un véritable char d'assaut, qui fonce à plus de 25 km/h : mieux vaut s'écarter de son chemin !

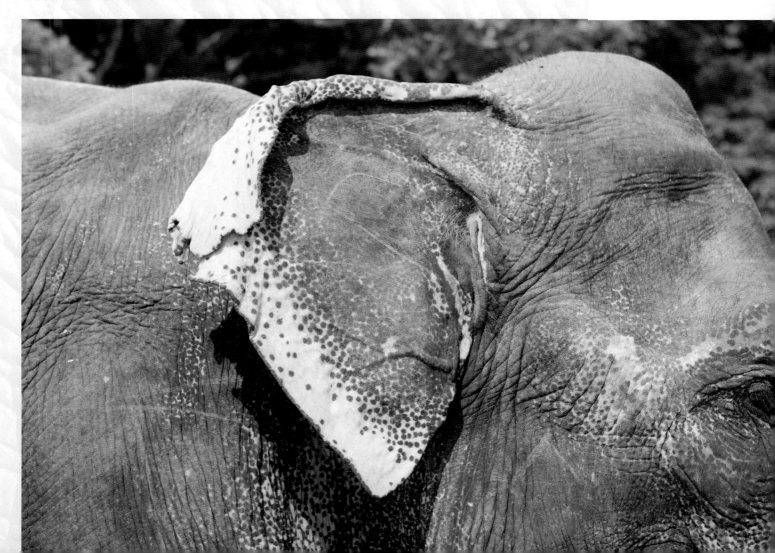

L'éléphant se déplace partout avec aisance et sans un bruit,
laissant une empreinte dont la taille augmente avec l'âge.

Pattes d'éléphant

Solides comme des piliers, les pattes reposent sur d'invisibles doigts, dont on aperçoit seulement les ongles.

Le pied semble un gros coussin de chair, souple comme un pneu, qui s'élargit sous le poids de l'animal. L'éléphant est un très grand marcheur.

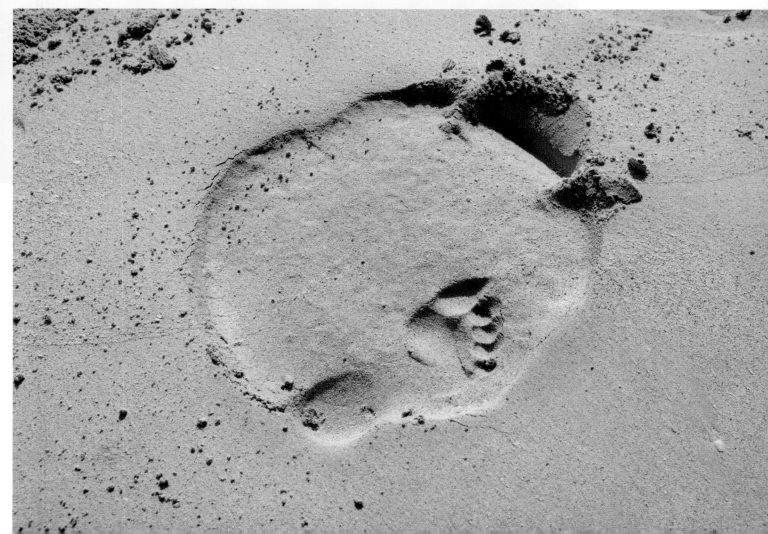

De beaux yeux…

Les éléphants ont de petits yeux,
protégés par d'épaisses paupières…
et par de très, très grands cils !
Leur vue n'est pas excellente !

Toujours recouvert de boue
et de poussière, l'éléphant est gris
brun, noirâtre ou presque rouge, selon
la couleur de la terre… et parfois
carrément chocolat, comme cette
famille qui sort d'un bain… de boue !

Peau fragile

La peau de la trompe est très sensible. Alors, l'éléphant la protège des coups… et la garde pour les caresses.

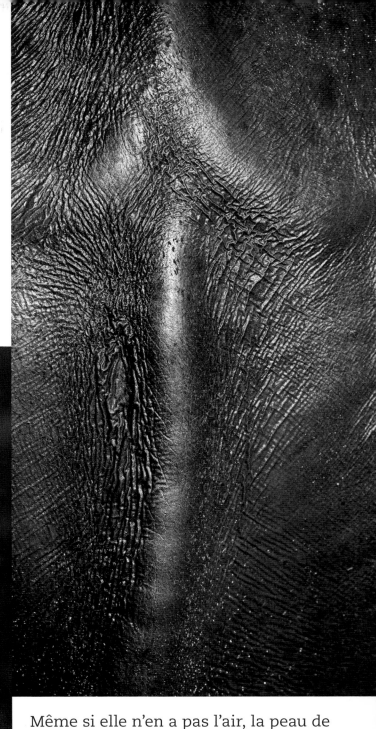

Même si elle n'en a pas l'air, la peau de l'éléphant est fragile. Heureusement, la boue et la poussière la protègent du soleil. Ses plis, où l'eau s'incruste, conservent de plus l'humidité. Les éléphanteaux, à la peau plus fragile, restent dans l'ombre de leur mère pour éviter les coups de soleil.

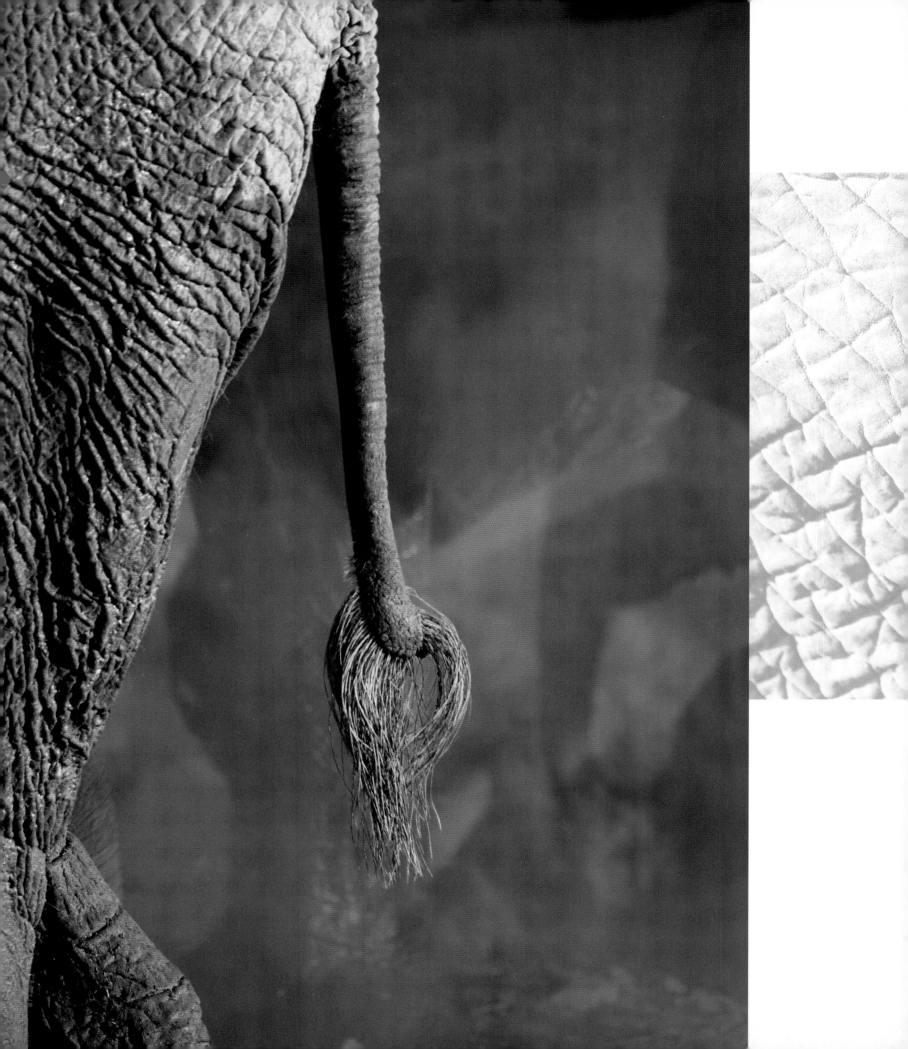

Queue en brosse

Le toupet de poils au bout
de la queue ressemble à une brosse
métallique, parfaite pour chasser
les mouches…

La queue permet également aux
éléphants de se tenir affectueusement
« trompe à queue » : chacun tient avec
sa trompe la queue de celui qui
le précède.

Famille et compagnie

L'éléphante porte son petit durant
22 mois : il faut du temps pour
que grandisse dans son ventre ce bébé
de plus de 100 kilos ! Quand le petit a
2 ans, la femelle est à nouveau prête !

Cette vaillante mère met au monde un
éléphanteau tous les trois à quatre ans,
jusqu'à l'âge de 50 ans environ.

Enfant d'éléphant

Dès la naissance, la mère aide le petit à se lever pour prendre sa première tétée. Il avale près de 20 litres de lait chaque jour !

Très vite, l'éléphanteau tend sa petite trompe pour tâter, renifler, découvrir le monde…

Bientôt, il goûte l'herbe, mais il tète encore sa mère pendant au moins deux ans.

Le petit est joueur, distrait, imprudent… Tante, grande sœur ou cousine, il y a toujours une autre femelle pour veiller avec la mère sur l'éléphanteau, et le protéger en cas de danger.

Vie de famille

Les femelles restent toute leur vie ensemble, en compagnie des jeunes éléphanteaux. La plus âgée, pleine d'expérience mène la famille à travers la savane et ses dangers : c'est la matriarche.

Vers l'âge de 10 ans, les jeunes mâles quittent les femelles pour vivre en bande. Et vers 30 ans, ils commencent une vie solitaire.

Les éléphants se saluent joyeusement à chaque retrouvaille.
Ils tournent sur eux-mêmes, agitent les oreilles, poussent
des coups de trompe et se donnent gentiment des claques
de géants !

Rassemblements

Parfois les éléphants se rassemblent en grandes colonies qui parcourent la savane en quête de pâturages et d'eau.

Même dispersées dans le troupeau, les familles restent en contact en s'appelant grâce à des sons très graves (différents selon les clans) que notre oreille ne perçoit pas.

La plupart des groupes comptent entre six et douze éléphants

Une longue vie

Quand un vieil éléphant meurt, parfois à plus de 60 ans, ses compagnons restent longtemps près de son corps. Même des années plus tard, quand ils repassent près de son squelette, ils remuent silencieusement les os, comme s'ils le saluaient.

De l'aube au couchant

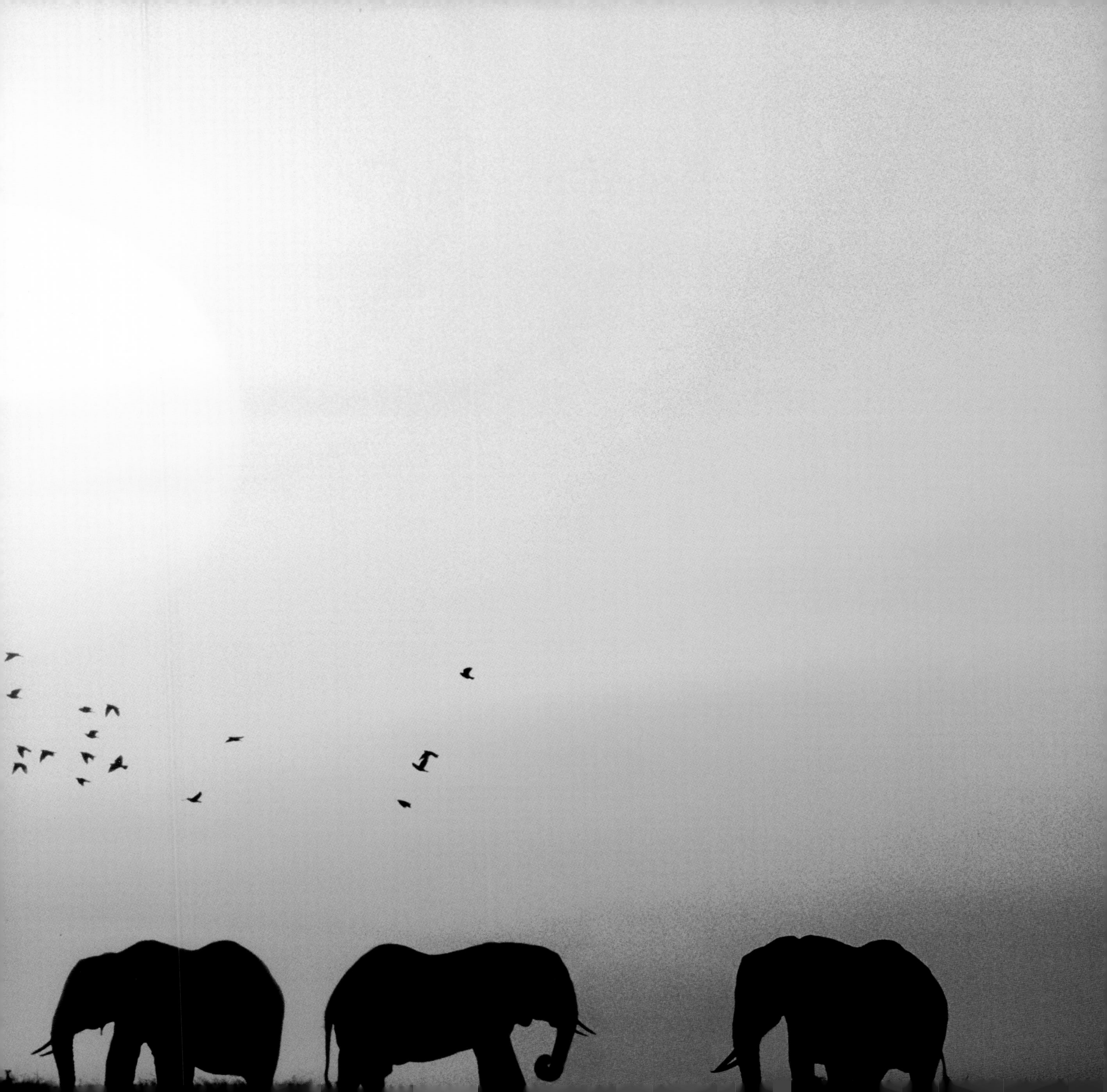

Boire et manger

Herbivores, les éléphants mâchent herbes et écorces grâce à deux paires de molaires hérissées de lamelles tranchantes. Quand elles sont usées, une nouvelle dentition, qui a poussé en arrière de la bouche, remplace la précédente. L'éléphant usera ainsi 24 dents.

Vers 50 ans, la dernière dentition est usée. Dès lors, le vieil éléphant se nourrit moins bien, maigrit et finit par mourir.

Manger et boire occupe les éléphants du matin au soir
et une bonne partie de la nuit, car un adulte a besoin
de 150 à 200 kilos de nourriture et de 225 litres d'eau par
jour ! Des herbes, des feuilles, des fruits, des branches,
des racines ou des écorces broyées, tout est bon.
Chemin faisant, il sème ainsi environ 36 kilos de crottins
par jour!

L'éléphant boit de 5 à 10 litres
à chaque aspiration
de trompe pour étancher
sa gigantesque soif…

Se laver

Pour se laver, l'éléphant oriente sa trompe dans tous les sens et s'asperge tout entier d'eau. Puis il achève sa toilette par… un délicieux bain de boue !

Nager, barboter

Excellent nageur, l'éléphant se rafraîchit en plongeant sous l'eau, la trompe en l'air pour respirer. Quel bonheur pour ce grand animal, de faire flotter ses 5 tonnes !

Jouer

S'éclabousser, se bagarrer,
se rouler dans la boue…
pour s'amuser, tout est permis !

Les mâles adultes se battent pour savoir qui est le plus fort ou pour écarter un rival face à une femelle.

Les défenses se heurtent violemment mais il est bien rare qu'un éléphant soit sérieusement blessé, car le plus faible abandonne rapidement la partie.

S'affronter

À dos d'éléphant

Travailleur de force

Dans certains pays d'Asie, les éléphants aident aux champs, abattent des arbres, transportent le bois ou d'autres marchandises...

Chacun travaille sous la conduite de son maître, appelé le cornac, qui l'a éduqué dès son jeune âge. Le cornac le dirige en lui parlant et en appuyant avec ses pieds derrière les oreilles de l'animal pour le guider.

L'animal apprend à merveille, grâce à sa mémoire... d'éléphant !

À dos d'éléphant, des paysans vont au village…
ou des touristes se promènent. Eh oui, l'éléphant
peut aussi être un moyen de transport !

Sport-éléphant

Le polo traditionnel est un sport qui se joue à cheval. En voici la variante indienne, le polo sur éléphant.

Le cornac dirige l'éléphant selon les indications du joueur qui, perché derrière lui, tente d'intercepter et de relancer la balle avec son très long maillet.

Un air de fête

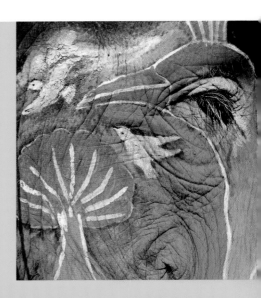

Pour certains peuples, les éléphants sont des animaux sacrés. Ainsi, les éléphants d'Asie sont célébrés lors de cérémonies religieuses. Pour la fête, ils sont parés de tissus et bijoux, et maquillés sur tout le corps, de magnifiques décors.

Dans la religion hindouiste, le dieu Ganesh, à tête d'éléphant, aide à franchir les obstacles.

Dans la savane

Seuls le lion ou les hyènes en Afrique,
et le tigre en Asie, peuvent s'attaquer
à un vieil éléphant malade ou à un
éléphanteau éloigné de son groupe...

Des ennemis ?

L'éléphant, par sa taille majestueuse,
impose le respect des autres animaux…
Il a d'ailleurs bien peu d'ennemis dans la savane.
Le pire danger vient des hommes.

Longtemps, les éléphants ont été chassés
pour l'ivoire de leurs défenses. Cette chasse
est aujourd'hui interdite, mais il y a d'autres
menaces. Leur espace, la savane, est détruite
par les hommes.

Des amis

Les grosses pattes des éléphants dérangent les petites bêtes
du sol : une chance pour les oiseaux qui s'en nourrissent...
C'est pourquoi ils suivent les éléphants, leurs « amis », partout !

Des voisins

Dans la savane, les éléphants côtoient paisiblement les antilopes, les gnous, les zèbres, les girafes et bien d'autres animaux.

Alors que l'eau est rare, ils agrandissent les mares en s'y baignant, et l'empreinte de leurs pattes forme de petits bassins où l'eau de pluie restera un moment. Tout le monde en profite !

Protégeons-les

Il y a un siècle, il y avait environ 10 millions d'éléphants sur la Terre.

Le commerce de l'ivoire a failli entraîner leur disparition.

Aujourd'hui, ils ne sont plus que 500 000.

Nous devons les protéger et protéger leur savane, leur forêt…

Peux-tu imaginer le monde sans éléphants ?